SWITCH
SUERO PARA EL TOTAL SECUESTRO CELULAR

1

Otros libros de la serie
SWITCH:

Ataque de Hormigas

Locura de Moscas

Problema de Grillos

SWITCH
SUERO PARA EL TOTAL SECUESTRO CELULAR

Estampida de Arañas

Ali Sparkes

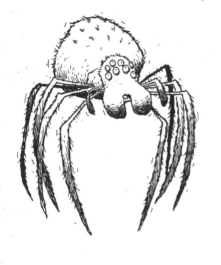

ilustrado por

Ross Collins

Uranito

URANITO EDITORES
ARGENTINA - CHILE - COLOMBIA - ESPAÑA
ESTADOS UNIDOS - MÉXICO - PERÚ - URUGUAY - VENEZUELA

Título original: *S.W.I.T.C.H.*
(Serum Which Instigates Total Cellular Hijack)
Spider Stampede
Editor original: Oxford University Press

SWITCH (Suero para el total secuestro celular)
Estampida de arañas
ISBN: 978-607-7481-53-9
1ª edición: septiembre de 2018

© 2011 *by* Ali Sparkes
© 2011 de las ilustraciones *by* Ross Collins
© 2018 de la traducción *by* Valeria Le Duc
© 2018 *by* Ediciones Urano, S.A.U.
Aribau, 142 pral. 08036 Barcelona

Ediciones Urano México, S.A. de C.V.
Av. Insurgentes Sur 1722, piso 3, Col. Florida
C.P. 01030, Ciudad de México
www.uranitolibros.com
uranitomexico@edicionesurano.com

Diseño gráfico del logo SWITCH: Dynamo Ltd
Adaptación de diseño: Joel Dehesa

Impreso en Litográfica Ingramex S.A. de C.V.
Centeno 162-1, Col. Granjas Esmeralda
C.P. 09810, Ciudad de México

Impreso en México – *Printed in Mexico*

Para Niall

Danny y Josh
(y Piddle)

¡Podrán ser gemelos, pero para nada son iguales! Josh adora a los insectos, las arañas, los bichos y los gusanos. Danny no los soporta. Cualquier cosa pequeña y con múltiples patas lo aterroriza. Por lo tanto, compartir su habitación con Josh puede ser... ejem... interesante. Aunque a los dos les encanta poner insectos en los cajones de su hermana Jenny…

Danny

- NOMBRE COMPLETO: Danny Phillips
- EDAD: 8 años
- ESTATURA: más alto que Josh
- COSA FAVORITA: andar en patineta
- COSA MÁS ODIADA: los bichos rastreros y la limpieza
- QUÉ QUIERE SER DE GRANDE: doble de películas

Josh

- NOMBRE COMPLETO: Josh Phillips
- EDAD: 8 años
- ESTATURA: más alto que Danny
- COSA FAVORITA: coleccionar insectos
- COSA MÁS ODIADA: andar en patineta
- QUÉ QUIERE SER DE GRANDE: entomólogo (estudiar insectos)

Piddle

- NOMBRE COMPLETO: Piddle, el perro Phillips
- EDAD: 2 años de perro (14 años de humano)
- ESTATURA: no mucha
- COSA FAVORITA: perseguir palitos
- COSA MÁS ODIADA: los gatos
- LO QUE MÁS QUIERE HACER: morder una ardilla

ÍNDICE

Piddle se pierde

"¡¡¡¡AAAAAAAGGGGGHHHHH!!!!"

"QUÍTAMELA—QUÍTAMELA—¡¡¡¡QUE ME LA QUITES!!!!"

Josh alzó la vista de su libro para encontrarse con su hermano gemelo corriendo en círculos junto a los arbustos, vestido únicamente con un traje de baño y una cara de pánico.

No, no es cierto.

También traía puesta una araña.

"¡No te quedes allí sentado!" gritó Danny mientras daba de brincos. "¡Quítamela!"

Josh suspiró y dejó su libro en el pasto. Era impresionante, pensó, que la pobre araña pudiera seguir allí colgada mientras que su hermano se revolcaba por todas partes. Era una araña de jardín bastante grande, probablemente hembra. Se había

11

subido al brazo de Danny cuando fue a recoger su pistola de agua y luego trepó hasta su hombro. Josh sabía esto por el tipo de baile que su hermano acababa de hacer por todo el pasto. Una especie de pasito hacia atrás con gritos de horror, seguido por un loco aleteo de brazos y luego unos giros desesperados mientras su intruso pasajero bajaba por su omoplato.

"Deberías de entrar al concurso de baile disco para menores de nueve," le decía Josh al mismo tiempo que trataba de meterse debajo del brazo que se sacudía para rescatar a la mareada araña que ahora colgaba de la cintura del traje de baño de Danny.

"¡Oh, muy gracioso!" gritó Danny. "¿La tienes? ¿Ya se fue?"

"Sí, cálmate. ¡Mira! ¡Es preciosa!" Josh protegió a la araña con sus dos manos y la sostuvo para que Danny la viera. Era color café con un patrón de manchas amarillas en la espalda.

"¡NOOO! ¡Aléjala de mí!"

"Pero mira, tiene estas patas impresionantes que pueden agarrarse de las cosas mientras está colgando de cabeza y..."

"¡Solo deja de hablar de la A-R-A-Ñ-A!" gritó

Danny. Tembló de escalofríos y se rehusó a mirar cuando Josh la soltaba atrás del cobertizo.

"En poco tiempo estará otra vez en el arbusto," dijo Josh, lo cual no tranquilizó mucho a su gemelo. "Junto con las demás. Nunca estás a más de unos metros de una araña, ya lo sabes."

"Ni una palabra uñas de estas… estas… ¡cosas!"

Josh metió las manos a los bolsillos de sus shorts y sonrió. "Mandíbulas," murmuró en voz muy baja. No creía que su hermano supiera lo que quería decir esa palabra. Justo el día anterior había leído que las "mandíbulas" era lo que usaban las arañas para comer. No eran dientes exactamente —eran una especie de pedacitos para masticar que tenían en la cara.

Danny odiaba cualquier insecto que se arrastrara. Para ser gemelos, él y Josh eran muy distintos. Josh estaba fascinado por las criaturas pequeñas y los bichos. Tenían muchísimos libros de vida salvaje. Metía a la casa caracoles, insectos y cochinillas, pero después de que Jenny, su hermana mayor, encontró unos bichos en su secadora de pelo y luego Danny gritó tan fuerte como para despertar a los muertos después de pisar la caja de ciempiés de su hermano cuando se levantó al baño a media noche, su mamá le dijo que solo podía mirar a los insectos y esas cosas afuera de la casa. Seguro era mejor así, porque si Jenny no los aplastaba con su zapato, su mamá los jalaría con la aspiradora —o Piddle se los comería. A Piddle, su pequeño y peludo terrier (llamado así por una cosa que hacía cuando estaba muy emocionado), nada le gustaba más que masticar una araña cuando se la encontraba por allí.

"¿Cómo te pueden *gustar* esas cosas?" le preguntó Danny mientras se ponía sus shorts y su camiseta

encima de su traje de baño. Se había salido del chapoteadero —había demasiadas moscas muertas dentro. "¡Guacalá! ¡Quisiera que no hubiera insectos en el mundo!"

"Uno —las arañas no son insectos, son arácnidos," dijo Josh al mismo tiempo que se subía al columpio, "y dos, si no hubiera insectos en el mundo todos moriríamos. La raza humana depende de ellos."

"¡Científico loco por los insectos!" murmuró Danny.

"¡Que suerte para ti que me gustan!" agregó Josh. "Si no, los dos estaríamos gritando y bailando disco por todo el jardín ahora mismo."

Dany lo ignoró —pero se revisó sus pelos parados con un escalofrío, en caso de que otra araña le hubiera caído encima. El pelo de Josh era corto y muy bien peinado, y para nada le hubiera importado que le cayera una araña. ¿Cómo podrían ser tan diferentes unos gemelos? se preguntaba Danny mientras se ponía sus tenis. Le encantaba jugar juegos de computadora y oír música con volumen muy alto. Josh prefería jugar con tritones y escuchar el canto de las aves.

Pero Danny tenía que admitirlo, era muy útil para quitarle bichos rastreros de encima.

Dejó la pistola de agua y agarró su patineta. Pronto andaba de arriba a abajo por el camino con Piddle corriendo a su lado ladrando y casi tropezando con él a cada diez segundos.

Arriba, desde la ventana de la habitación de Jenny, se escuchaba una canción de música pop a todo volumen, mientras que de la cocina se oía el murmullo de un programa de televisión que le gustaba ver a su mamá cuando planchaba.

Del otro lado de la cerca de madera se oyó un fuerte golpe. Y luego otro. Y después vino una voz muy malhumorada. ¡*Pueden* callarse todos! ¡Tendría una tarde más tranquila junto a la pista de aterrizaje del aeropuerto Heathrow! Josh hizo una mueca. Era la señora Potts que vivía en la vieja casa de ladrillos de al lado. La gente pensaba que era algo excéntrica. Más bien una anciana algo amargada, pensaba Josh.

"¡DIGO!" sonó de nuevo la voz, esta vez más fuerte. "...que todos SE CALLEN!"

Pero su mamá, Jenny, Danny y Pide estaban haciendo mucho ruido y no la escuchaban. "Lo siento, señora Potts," dijo Josh avergonzado. "Les diré a todos que guarden silencio."

"¡Oh, ni te molestes!" le gritó de vuelta. Lo único que podía ver por encima de la barda de madera era la parte de arriba de su sombrero. "¡Pronto me quedaré sorda y ya no me va a importar!"

Josh le hizo señas a Danny para que se callara y le dijo: "¡es la señora Potts!"

Danny frenó su patineta moviendo molesto la cabeza, y Pides se sentó sobre su peludo trasero y esperó, moviendo impacientemente la cola, a que la diversión comenzara de nuevo.

Josh pasó corriendo junto a ellos, cerró de un empujón la ventana de la cocina y el ruido del

programa de televisión de su mamá bajó de inmediato.
Sin embargo, todavía escuchaba a la señora Potts
del otro lado de la barda. Murmuraba, ¡acuérdate!
¡Acuérdate! ¡Vieja tonta, acuérdate! ¿Dónde los
escondiste? ¿En dónde?

Josh se agachó y, por un agujero que había en
la madera espió cómo gateaba la anciana entre la
hierba, que estaba casi tan alta como él, obviamente
en busca de algo. Luego saltó de pronto, golpeó con
fuerza su mano contra su frente y dijo: ¡vieja estúpida!
Tenías que ir y quemarte los sesos, ¿verdad? Después
se puso de pie y se fue caminando hasta el cobertizo
desvencijado de su jardín.

Era cierto lo que decían de la señora Potts, decidió Josh. De verdad estaba loca.

"Siempre se está quejando del ruido," le dijo de pronto Danny a Josh al oído. Josh brincó. "¿Acaso cree que esta es una biblioteca o algo? ¡Es un simple jardín! Los niños juegan en los jardines. ¡Los perros juegan en los jardines!" Entonces tomó una pelota de goma y se la lanzó a Piddle. "Anda, Piddle, ¡atrápala!"

Piddle corrió por el camino y se lanzó encima de un montón de hojas, pasto y composta que estaba en la esquina. "No le hagas caso —vieja gruñona," dijo Danny. "¡Vamos Piddle! ¡Aquí, muchacho!"

Los dos miraron hacia el jardín esperando ver a Piddle revolcándose entre las hojas y el pasto seco —y luego de parpadear, se voltearon a ver uno al otro con sorpresa.

Piddle había desaparecido.

Nos volvemos amarillos

"¡Mira, un hoyo! seguro se metió por allí," gruñó Josh, quien estaba casi de cabeza en el montón de composta. "¡Se fue a la casa de al lado!"

"¿Podremos pasar por allí para ir por él?" preguntó Danny, que observaba por encima del hombre de Josh y veía desconfiado la pila de pasto y hojas. Sabía que estaba lleno de cosas espantosas. Gusanos, bichos y arañas... ugh.

"Tal vez si nos retorcemos..." dijo Josh.

"¿O mejor por qué no vamos por el otro lado, tocamos la puerta y pedimos que nos lo devuelvan? Dijo Danny con esperanza. En verdad no quería mezclarse con ese montón de horrores.

"¿Como si fuera una pelota que se voló?" se burló Josh. "Nunca nos han devuelto ninguna, ¿o sí?"

"No... creo... que podemos solo..."

Josh se retorcía y se apretujaba entre el apestoso y húmedo montón de composta y la barda. La madera al rededor del pequeño agujero estaba podrida y vieja, y mientras más apretaba Josh, más se iba rompiendo. Logró pasar la cabeza y los hombros a través, se topó de cara con unos pastos muy crecidos y luego siguió arrastrándose hacia el jardín de la señora Potts. Danny lo siguió entre quejas y gruñidos, tratando de no fijarse en cualquier cosa que se arrastrara en el montón. Lo que le hacía cosquillas en la piel era el pasto… tal vez. Con un gesto de repulsión se sacudió un ciempiés y luego se apretujó para pasar por el agujero después de Josh.

"¡Piddle! ¡Piddle!" decía Josh con voz baja.

Ninguna respuesta. No se oía el ruido de sus patitas con garras. No había ladridos.

La hierba les llegaba hasta las cinturas y estaba llena de grillos invisibles. Cuando Josh y Danny se arrastraban por los pastos y ortigas, escucharon un pequeño y agudo ladrido. "¡Se metió al cobertizo!" suspiró Danny.

"¡Y ella está allí dentro!" dijo Josh con un nudo en la garganta.

"¡Se va a enloquecer! Tenemos que entrar y rescatarlo."

La puerta del cobertizo estaba abierta. Entraron de puntitas. Al principio todo parecía normal. Había un rastrillo recargado en la puerta y una carretilla debajo de unas viejas repisas, llenas de cosas de jardín. Una vieja sábana colgaba de unos clavos en la parte de atrás.

"No huele a cobertizo," murmuró Danny. "Huele como a... como a..."

"Como a escuela," dijo Josh. "Parece..." pero no sabían exactamente por qué.

"Sí... como a algo de la escuela," confirmó Danny, sin molestarse en seguir hablando bajito. "Pero no están aquí, ¿o sí?"

Luego se oyó otro ladrido —y definitivamente venía de adentro del cobertizo. Danny y Josh se voltearon a ver muy confundidos— y luego Danny fue hacia la pared del fondo, tomó la sabana que colgaba de los clavos y la hizo a un lado. Detrás había una puerta roja de metal.

La puerta estaba entreabierta. Danny la empujó y vio unos escalones grises de piedra que bajaban hacia un pasillo. "¡Vamos!" Entró y Josh lo siguió volteando a ver por todos lados. Había unos paneles de metal

curvo —fierro corrugado, pensó Josh— que formaban un arco encima de ellos. Al final del pasillo había una habitación muy bien iluminada —tan grande como su cuarto y el de Jenny juntos. Y a la mitad, justo frente a ellos, había una especie de tienda de campaña cuadrada transparente. Y en el centro de eso estaba Piddle.

El cuarto tenía un olor extraño. Muy extraño. Les recordaba un poco a la escuela, al salón en donde tomaban clase de ciencias. Y se oía un ruido como un silbido. Piddle estaba parado muy quieto y tenía todos los pelos de la espalda parados. Estaba asustado. "Tranquilo, Piddle —¡ya te encontramos!" dijo Danny. Abrió la extraña tienda de plástico y entró. Josh echó una rápida mirada a su alrededor, vio algo de maquinaria rara, una especie de cabina de vidrio verde brillante hacia la izquierda, y corrió detrás de su hermano.

"¡Vamos, salgamos de aquí! Esto me da escalofríos," dijo mientras que Danny cargaba al tembloroso Piddle en sus brazos.

Luego el silbido se hizo mucho más fuerte y algo frio les roció las piernas desnudas.

"¿Qué fue eso...?" gruñó Danny.

"¡No sé! ¡Y no me importa! ¡Vámonos!" respondió Josh y los dos salieron de la extraña tienda de plástico.

De pronto, se oyó la voz de la señora Potts. "¿Qué fue eso? ¿Quién está en mi laboratorio?"

Danny tomó a Josh del brazo y ambos corrieron por el oscuro y húmedo pasillo.

"¡Alto! ¡Vuelvan aquí!" gritaba la señora Potts. Podían oír sus fuertes pasos sobre el piso de madera en la extraña habitación que había quedado atrás.

Josh y Danny saltaron los escalones de dos en dos y Piddle ladraba emocionado por encima del hombro de Danny, con las orejas revoloteando y la lengua rosa de fuera.

"¡Ato! ¡Sé quiénes son!" vociferó la señora Potts.

Danny, Josh y Piddle casi cayeron en el jardín al mismo tiempo que las manos huesudas de la señora Potts apartaban de un jalón la cortina detrás de ellos.

"¡Corre!" gritó Danny. "¡Corre!"

Demasiadas rodillas

A toda velocidad pasaron por la hierba crecida, empujaron a Piddle por debajo de la barda y se apretujaron tras de él lo más rápido que pudieron.

De vuelta de su lado, no pararon de correr. Danny y Josh corrieron directo hacia la casa y subieron las escaleras, como si una bestia salvaje los estuviera persiguiendo. No fue sino hasta que llegaron al rellano cuando colapsaron uno encima de otro y empezaron a reír. Piddle olió sus piernas, estornudó y luego se fue trotando hacia su habitación.

"¡Euuurgh!" Danny miró sus piernas. Se veían algo amarillas. Y tenían el curioso olor que habían notado en el laboratorio secreto. Las piernas de Josh también estaban cubiertas con el mismo líquido extraño.

"¡Vamos a quitarnos esta cosa!" dijo Josh, y los dos se metieron al baño.

"¡Hey! ¡No se metan allí, estoy a punto de bañarme!" les gritó Jenny desde su habitación.

"¡No tardaremos!" respondió Josh. "¡Dos minutos!"

Se quitaron los tenis y los calcetines, se subieron los pantalones y se pararon dentro de la bañera.

"¿Qué es esta cosa?" Dijo Danny con la nariz arrugada.

"Sea lo que sea, ahorita la vamos a quitar," dijo Josh. Tomó la regadera, pero en seguida la soltó.

Luego la bañera empezó a crecer...

Su borde curvo de metal empezó a irse más y más
arriba, por encima de sus cabezas, y la base plana
con sus cuadritos antiderrapantes de pronto empezó
a crecer por debajo y a los lados hasta que quedó del
tamaño de una cancha de básquetbol y sus pequeños
bultos quedaron como montañas muy bajas.

AAAAAAAAaaaaaa...

"¡Aaaaaahh!" gritó Josh.
Y Danny gritó lo mismo.

Ahora el tapón tenía el tamaño de un carrusel y colgaba de una cadena que no se hubiera visto fuera de lugar amarrada al ancla de un barco de guerra.

"¡¡¡¡AAAAAAAAAAAAAAAAAAAAAAAAHHH!!!!" agregó Josh.

Danny continuó.

Al fin el crecimiento pareció detenerse. Estaban dentro de un vasto y blanco valle que era una bañera.

"¿Qué está pasando?" preguntó Danny. "¿Qué le pasó a la bañera?" Su voz sonaba algo graciosa. Un poco ronca. Y además sus ojos se sentían muy extraños. Parecía poder ver esquinas redondeadas al mismo tiempo que veía hacia adelante…

Detrás se escuchó la voz de Josh —también algo rasposa. "Um… Danny. Prométeme… que vas a guardar calma." Josh miraba hacia la superficie de espejo de la regadera gigante que estaba al lado de la increíblemente grande bañera. Tragó saliva y parpadeó con algunos de sus ojos. Sip. Su reflejo era el mismo. No estaba soñando.

"¿Qué es eso?" Danny se vio a sí mismo moviéndose más bien suave y rápidamente hacia el enorme y redondo pozo. Encima de éste descansaba

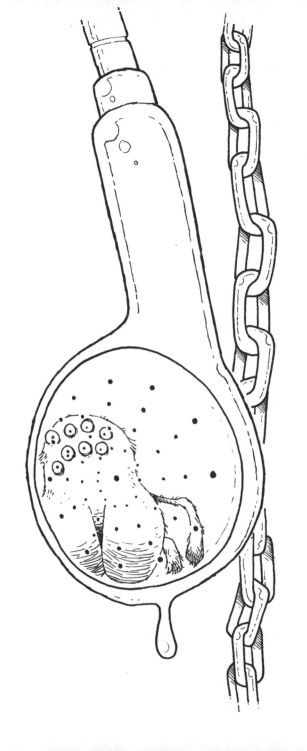

el inmenso tapón en su cadena gigante. La parte de
arriba del tapón también era brillante como espejo
y Danny vio algo grande y peludo, parado en ocho
patas. Tenía ocho ojos y una expresión de sorpresa. Y
seguramente ¡¡¡ESTABA PARADA ARRIBA DE ÉL!!!

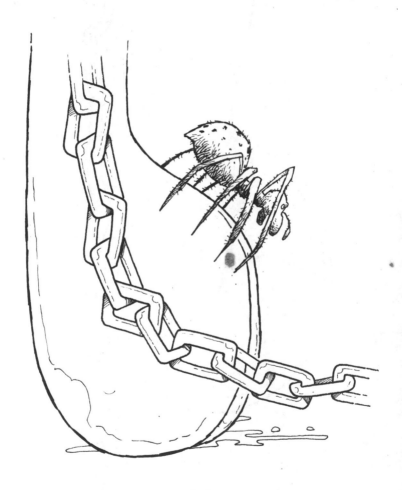

"¡JO-O-SH! ¡QUÍTAMELA, QUÍTAMELA, QUÍTAMELA, QUÍTAMELA!" Gritaba Danny al borde del pánico. La araña también estaba muy espantada. Movía sus patas peludas por todas partes en el espejo gigante del tapón justo encima del enorme agujero.

"¡No puedo quitártela de encima, tonto!" gritó Josh. ¡Eres tú!"

Las mandíbulas de Danny temblaron. Miró a su lado y vio otra araña junto a la cabeza de la regadera, desde donde venía la voz de Josh. Sus ojos se fueron hacia atrás. Al menos dieciséis rodillas se aflojaron. Luego, con las piernas todas enredadas, cayó desmayado.

Una experiencia peluda

Josh corrió hacia el desmayado cuerpo de su hermano. Tomó el área de los hombros o el tórax de Danny —si estaba en lo correcto— con la ayuda de sus antenas (los pequeños brazos a ambos lados de su cabeza) y de sus dos patas delanteras.

"¡Danny, despierta!" gritó con su extraña y rasposa voz. Probablemente era inútil. Lo más seguro es que Danny solo gritaría y se desmayaría de nuevo en cuanto viera a su hermano... o su propio reflejo. Le gustara o no, lo creyera o no, los dos se habían convertido en arañas. El cerebro de Josh hacía maromas intentando asimilar este asombroso hecho y averiguando cómo pudo haber pasado. Pero no tuvo mucho tiempo para pensar y de pronto escuchó un rugido bajo y terrible que hizo vibrar el metal debajo de sus pies. Una sombra le cayó encima y volteó hacia arriba para ver una figura horripilante.

Jenny.

Gritando.

Alzando su gigantesca mano derecha en la cual sostenía una sandalia tamaño trasatlántico.

El grito de Jenny salió increíblemente lento y con una voz extraña que retumbaba, como si le doliera la garganta.

"¡¡¡AAAAAAAAAAAAAAAAAAAAAAAAHHHHHH!!! ¡¡¡ARAAAAAAAAAAAAAAÑÑÑÑÑÑÑÑÑÑÑÑÑÑAAAA AAAAAAAASSSSSSSSSSSS!!!"

Su colita de caballo rubia se movía lentamente de un lado al otro y sus ojos eran grandes y redondos y brillantes. Su gigantesca boca abierta parecía un aterrador y pegajoso túnel rojo.

Aunque todo lo que ella hacía era en cámara lenta, la sandalia ahora iba a mitad del camino hacia el valle de la bañera y se dirigía directo hacia ellos. Estaban a punto de convertirse en papilla.

"¡Danny!" gritó Josh, jalando a su hermano hacia el agujero de la bañera. Al fin los ojos de Danny se abrieron. Empezaban a irse hacia atrás de nuevo en cuanto vieron a Josh, pero éste dio un pequeño golpe a las mandíbulas de Danny con la antena que le

sobraba y le dijo, "¡Basta! ¡No te atrevas a desmayarte otra vez! ¡Tenemos que huir!"

La sandalia proyectaba una sombra mortal encima de ellos. Josh podía oler la suela de goma. Él y Danny corrieron, se metieron al pozo redondo y negro y se agarraron unos segundos de las barras de metal antes de que la sandalia azotara la bañera justo al lado de ellos. Una ráfaga de viento de goma golpeó a ambos y un segundo más tarde caían por la tubería.

"¡AAAAAAAAAAAAAAAARGH!" gritaban las dos arañas.

Iban cayendo en picada hacia un agujero muy, muy oscuro, y sus patas se sacudían por todas partes. ¿Quién sabe dónde acabarían? se preguntaba Josh con pavor. Olía a jabono y agua vieja. Mientras caía y retumbaba, Josh se preguntaba cómo sería tener ocho patas rotas. O tal vez perder una por completo. Las arañas siempre pierden patas. ¡Eso debe doler!

Pero al momento siguiente aterrizó de golpe sobre algo bastante suave y elástico. Un segundo después, su hermano aterrizó encima de él.

"¿En dónde estamos?" preguntó Danny.

"Abajo del desagüe," dijo José mientras se quitaba de la cara una de las patas de su hermano. "Obviamente."

"Pero, ¿dónde abajo del desagüe?"

Josh miró a su alrededor. Su vista era muy buena considerando lo oscuro que debía estar todo. Pero por supuesto, la mayoría de las arañas son nocturnas —salen a pasear y a cazar de noche. Danny ya se había parado en sus patas y también miraba hacia abajo.

"¡Guácala!" dijo. "¿Sabes lo que es eso? ¿Sabes en dónde aterrizamos?"

"¿Qué?" Josh vio la cosa pastosa debajo de ellos. Parecía más bien un montón lodoso y pegajoso de cables enredados.

"¡Es el cabello de Jenny! ¡Eso es!"

Ambos chicos se estremecieron. "Todas esas veces en las que mamá le dijo que no echara bolas de cabello por el desagüe después de bañarse," dijo

Danny. "Siempre dijo que tapará las tuberías. Y ahora sabemos que tenía razón. ¡Yuck!"

"Qué bueno que Jenny no le hizo caso a mamá," dijo Josh. "Su cabello nos ayudó a tener un aterrizaje muy suave. Nos salvó la vida."

Danny se estremeció al ver a Josh. "¿De verdad soy una araña? ¿Igual que tú? ¿O estoy soñando?

"Si, eres justo como yo." dijo Josh. "Y creo que esto es real."

"Ooh..." se lamentó Danny. "¡En verdad esperaba que solo fuera un sueño! ¿Cómo puede ser real? ¿Cómo?"

¡Shh!" dijo Josh y miró hacia la oscuridad. Se escuchó un ruido encima de ellos.

"Ups," dijo Danny.

"Tal vez nos salvó la vida..." dijo Josh.

Cayó un chorro.

"¡Pero ahora intenta matarnos de nuevo!" gritó. "¡Acaba de abrir la llave de agua!"

Un poco mojados

El agua los arrastró de golpe, soltándolos del refugio de cabellos y llevándolos a toda velocidad por la oscura tubería. Al caer por una cascada en un remolino, Josh sintió que sus piernas se agitaban en todas direcciones y rezó para que no se le cayera alguna. Luego hubo un breve y brillante destello de luz en el momento en que salieron por la tubería que corría por fuera de la casa, y después de nuevo todo oscuro mientras iban por el tubo que los llevaba hasta el drenaje.

¡Splat! Danny golpeó un ladrillo y cayó completamente empapado en el borde. ¡Splosh! Josh aterrizó encima de él. Ambos estaban sobre alguna especie de cornisa. El oscuro y redondo agujero de la tubería seguía arrojándoles agua encima, pero ahora era una lluvia ligera. Luego se redujo a unas cuantas gotas. Jenny debió haber puesto el tapón para preparar su baño, pensó Josh.

Gruñendo, los dos hermanos desenredaron sus patas y se enderezaron hasta quedar sentados. Debajo de ellos había una suerte de canal por el que el agua corría lentamente. A Josh le olía un poco a huevo. Pero no olía nada bien. Estaba oscuro, pero entraba un rayo de luz desde el mundo exterior —y sabía que con vista de araña podían ver mucho mejor que con la de niños.

"No me gusta esto," se quejó Danny.

"¡No me digas!" replicó Josh.

"Mira," estalló Danny, "bastante malo es que seas una araña para que encima de todo seas sarcástico."

"¡Que SEAMOS! ¡No solo yo!" gruñó de vuelta Josh, pisando un pedazo de uña cortada del tamaño de media rueda de una bicicleta.

"Pero, ¿ahora qué? ¿Cómo pudo pasarnos esto?" Dijo Danny con un nudo en la garganta. Sus ojos estaban muy abiertos y asustados.

"Debió ser esa cosa amarilla," dijo Josh. "Nos hizo algo."

"Y ahora estamos atrapados en una alcantarilla con seis piernas más de las que hubiéramos querido," gruñó Danny.

"¡Tengo un miedo terrible —de mí mismo!"

"¡Hay otras cosas que deberían darte miedo!" dijo una voz desconocida. Danny y Josh voltearon de golpe y luego empezaron a gritar otra vez. Por encima de ellos vieron un monstruo con ojos negros y brillantes y colmillos amarillos y muy filosos.

Rasca y Huele

"Ay ya párenle por favor," dijo el monstruo.
"Escuchamos sus alaridos por todo el drenaje.
Deberían de oírse, de verdad."

Josh y Danny dejaron de gritar, tragaron saliva
y solo jadearon un poco.

"Mi nombre es Rasca," dijo el monstruo extendién-
doles una pata con garras. Danny la miró y Josh
extendió una de sus patas con cuidado para dársela.

"Y esta de aquí es mi señora —Huele." Un
monstruo más pequeño asomó la cabeza encima del
hombro peludo del primero con una gran sonrisa.
"Vivimos debajo de su cobertizo."

"Hola cariño," dijo Huele. "No estés tan asustado,
no mordemos."

"Pero... pero... ¿no quieren comernos?" preguntó
Danny.

Huele hizo cara de espanto. "¿Qué? ¿Patas de araña atoradas entre mis dientes? ¡No gracias!

"Somos ratas," continuó Rasca. "Tenemos gustos más refinados... ¿no sabían? Un rico pedazo de pastel, ¡eso sí!"

"Pastel de chocolate," suspiró Huele como soñando. "Sin crema."

¡Ratas! Por supuesto. Ahora que estaban un poco menos aterrados, Josh y Danny podían ver la forma de roedores de Rasca y Huele.

"Además, no son arañas de verdad, ¿o sí?" dijo rasca, entornando un poco sus brillantes ojos negros.

"¿Se nota?" suspiró Josh.

"Oh sí. Es el olor," dijo Rasca. "Y la forma de hablar. Normalmente las arañas no son tan parlanchinas."

"Los atrapó, ¿no es así, encantos?" dijo Huele. "Esa científica loca, Petty Potts."

Danny y Josh voltearon a verse y parpadearon dieciséis veces por la sorpresa.

"Oh, no se sorprendan, nosotras las ratas sabemos mucho de lo que se traen entre manos los humanos," dijo Rasca con un leve movimiento de bigotes. "Somos sus primos más cercanos, ¿sabían? No hay nadie más en el mundo animal que se parezca tanto a los humanos como nosotros. Somos omnívoros y carroñeros, ¡justo como ustedes!

"Muy...bien," dijo Josh. "Pero, ¿qué pueden decirnos acerca de Petty Potts? ¿Qué fue lo que nos hizo exactamente?

"Es su spray SWITCH," dijo Rasca. "Lleva años trabajando en él en su laboratorio secreto. Entramos de vez en cuando por los sándwiches (¡nunca se termina ni el queso ni los pepinillos!). ¡Al fin logró un avance hace algunas semanas y empezó a cambiar cosas!

"¿*Cambiar* cosas?" preguntó Danny.

"¡Sí!" dijo Rasca. Su spray quiere decir... a ver... déjenme pensar..."

"Spray para el total secuestro celular" dijo Huele, sonando de pronto como profesor de química.

"¿...Qué??" dijo Danny.

"Es un spray —así es como ella lo llama," continuó Huele. "Obliga a todas las células de tu cuerpo a ser un tipo diferente de célula... como si cada célula hubiera sido secuestrada por otra, ¿lo ven? ¡Spray para el total secuestro celular! ¡Solo la hemos oído decirlo como unas ciento cincuenta veces! Pasó años tratando de encontrarle un nombre. Iba a llamarlo Spray para iniciar el proceso de metamorfosis... pero no le gustó mucho cómo sonaba."

"¿Cómo se saben todas esas palabras?" preguntó Danny. "Digo... ¡son ratas!"

"¡Danny!" Josh le dio un codazo con una de sus patas peludas. "¡Las ratas son muy inteligentes!"

"Bueno, vemos mucha televisión," dijo Rasca.

"También oímos mucho radio," dijo Huele.

"Pues bien, al principio solo hacía cosas pequeñas con su spray," continuó Huele. "Insectos. Convirtió a una abeja en hormiga, un gusano en araña."

"No son insectos, son arácnidos," señaló Josh.

"¿Siempre es así?" preguntó Huele a Danny.

"Sí," suspiró Danny. "Es un científico loco por los insectos."

"Así es," siguió Huele, "solo criaturas pequeñas al principio, y pensamos que eso sería todo. Pero esta semana empezó a decir que quería probarlo en cosas más grandes. Reptiles tal vez, ¡incluso mamíferos! Por eso ni nos acercamos a ella desde que oímos eso.

"Suerte que le gusta hablar sola en voz alta," agregó Rasca. "O ni nos hubiéramos enterado. ¡Les aseguro que tenía los ojos puestos en nosotros! De hecho, estaba poniendo una trampa para nosotras cuando su perrito se metió a hacer pipí en su piso."

"¿Entonces quería convertir a Piddle en insecto? ¡Qué horrible mujer!" dijo Danny.

"Sí, pero en su lugar los atrapó a ustedes," dijo Rasca. "Vimos todo desde abajo del lavabo d eso laboratorio. Por eso vinimos a buscarlos. Los oímos arriba en su baño, luego oímos a su hermana gritar por dos arañas en la bañera —y sumamos dos más dos. El efecto del spray no dura mucho. A veces se quita en segundos. Nos imaginamos en dónde terminarían —¡en el drenaje! Rasca rio y movió la cabeza. "Como primos cercanos, lo correcto era venir y tratar de ayudarlos."

"Pues...supongo que...gracias," dijo Josh, aguantando las ganas de corregir a Rasca. De hecho, sus primos más cercanos eran los monos, pero le pareció poco amable mencionarlo.

"Pero, ¿qué hacemos ahora?"

"Para empezar debemos salir de aquí," dijo Rasca. "No es seguro. Suban a nuestras espaldas y nadaremos para sacarlos." Dudosos, los hermanos voltearon a ver las espaldas de las ratas y Rasca y Huele se agacharon para que las dos arañas pudieran subir a bordo.

"Vamos, cariño," le dijo Huele a Josh. "Solo sostente de mi pelo para que no te vayas a caer."

Josh lo hizo. Solo trepó a la espalda de Huele y le pareció bastante fácil. Había unos pequeños ganchos debajo de cada una de sus patas y pudo anclarse con fuerza al pelaje. Después Danny corrió a la espalda de Rasca y en un instante, éste saltó a la corriente y empezó a nadar por el drenaje.

El nivel de las aguas negras empezó a subir y Danny corrió alarmado hacia la cabeza de Rasca. La parte de arriba, entre sus orejas, era bastante plana y resultaba fácil agarrarse. Detrás de ellos, Huele nadaba sosteniendo delicadamente la nariz por encima del agua y con Josh anclado entre sus orejas.

"¡Oh, no! No vamos hacia la parte por donde sale la popó, ¿o sí?" preguntó preocupado Danny. Pero un instante después salían a la luz. Nadaban por el arroyo que corría en medio del pequeño barranco que había entre los jardines traseros de su calle y los de la calle de al lado.

"¡Fiu! ¡No hubo popó!" suspiró Danny.

"Supongo que no," olisqueó Huele. "A nosotros tampoco nos gusta nada, ¿saben?"

"Gracias," dijo Josh mientras bajaba por la espalda empapada de Huele hacia una gran roca que estaba a la orilla del arroyo. "¿Ahora pueden decirnos cómo volveremos a ser humanos?"

En una diminuta playa de rocas junto al arroyo y al mismo tiempo que se sacudían el agua de sus cuerpos, Rasca y Huele intercambiaron una mirada de preocupación. Danny se reunía con Josh sobre la roca.

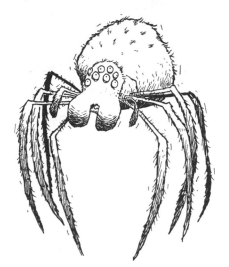

"No querrán, no van a decirnos... ¿que nos quedaremos así para siempre?" exclamó Josh.

"Bueno...pues... este... no," dijo Rasca. "Eso no lo sabemos... de hecho, supe que una de las abejas volvió a ser abeja solo unas horas después de que era hormiga..."

"¿Una de ellas? ¿Qué les pasó a las demás abejas que Petty Potts roció con su spray SWITCH?" preguntó Josh.

"Bueno —quizá también se hubieran transformado... si tan solo hubiera habido tiempo," dijo Rasca con una expresión bastante preocupada. "Solo... bueno... la mayoría de ellas fue..."

"¿Fue? ¿Qué fue? se quejó Danny, parado sobre sus patas traseras como una bailarina muy fea.

"Comida," suspiró Huele. "La mayoría son devoradas. Digo... de todas formas muchas cosas son devoradas, pero cuando eres una hormiga o un escarabajo o algo así, aprendes cómo cuidarte a ti mismo. Si de pronto te conviertes en otra cosa, entonces... pues... te confundes. Y si estás confundido, pues... te conviertes... en... ¡comida!

"Josh," dijo Danny, caminando hacia su hermano sobre sus aterradoras patas traseras, "no sé tú-pero yo estoy confundido. Estoy *muy* confundido."

"Yo igual," dijo Josh con un nudo en la garganta justo en el momento en que la cosa rosa, pegajosa y asquerosa se pegó a su hombro y lo alzó de golpe.

El almuerzo

Lo peor de ser un científico loco experto en insectos es que sabes demasiado.

Y lo peor de ser una araña es que puedes pensar mucho más rápidamente que un ser humano. Josh había leído, en muchos de sus libros sobre la vida salvaje, que todo se mueve mucho más rápido en el mundo de las arañas y los insectos, por lo que tienen que pensar más velozmente para sobrevivir. Y ahora, mientras volaba por los aires pegado a esa cosa rosa sabía que era verdad. Tuvo tiempo de resolver algunas cosas.

Primero que nada, se dio cuenta de que estaba pegado a la lengua de un sapo.

Luego supo que probablemente no iba a lograr despegarse.

Y por último pensó que lo más seguro es que sería devorado... ¡VIVO!

Sabía que los sapos se comen vivas a sus presas. No les importa para nada si su almuerzo patea o se queja en el camino hacia su estómago. Por primera vez en su vida, Josh deseó no haber leído tantos libros de vida salvaje.

Cuando volaba indefenso hacia el ocio abierto del sapo, Josh dio un giro, se sostuvo de una parte de la larga, larga lengua, encajó en ellas sus colmillos y le inyectó veneno. La lengua no lo soltó. No quedaba ninguna esperanza. Sería el almuerzo de un sapo.

CRUNCH

SPLAT

SQUISH

Bueno, este es el fin, se acabó, pensó Josh.
Qué chistoso. ¡Sólo sentí un golpecito! Abrió un ojo.
Luego abrió seis o siete más. La lengua pegajosa
seguía pegada a su hombro (o a su tórax, para ser
más exactos) pero la otra punta ya no estaba pegada
al sapo. Yacía aplanada debajo de una bota negra
gigante.

¡Alguien había pisado al sapo! ¡Lo habían PISADO!

Tras él, Josh escuchaba los gritos de angustia
de Danny, Rasca y Huele. *Seguro creen que ya no
existo.* Josh se puso de pie, vio que todas sus patas
temblaban de miedo, y luego corrió antes de que,
quien quiera que fuera, lo pisara también a él. ¡Yugh!
¡La lengua lo seguía! Se había zafado de la orilla de
la bota y serpenteaba detrás de él como una extraña
bufanda, saltando y rebotando sobre las rocas y los
árboles caídos que alguna vez fueron solo piedritas
y arbustos cuando era pequeño.

Al llegar a donde estaban Danny y sus amigos ratas Josh gritó —por primera vez en su vida— "¡QUÍTENMELA! ¡QUÍTENMELA! ¡QUÍTENMELAAAAAAAA!"

Rasca se agachó y jaló la media lengua con sus dientes. Se aplastó y se reventó, pero al fin se quitó.

"¡Pensamos que habías muerto, hijo!" dijo Rasca luego de escupir la lengua y guiarlos a todos debajo de un viejo tronco. "¡Creímos que fuiste su almuerzo! Nadie escapa de Garras. ¡Jamás! Si no hubiera sido aplastado estarías en sus tripas ahora mismo."

El pobre de Josh tragó saliva y Danny fue a darle un abrazo con una de sus... errr... patas ... para tranquilizarlo, pero simplemente no lo logró. (Se preguntó, *¿quién rayos se tranquilizaría con un abrazo de araña?*). "Tenemos que encontrar la forma de volver a ser humanos de nuevo," dijo. "O no viviremos para la hora del té."

"Bueno, pues odio decirlo," dijo Huele. "Pero lo más probable es que Petty Potts es la única que puede ayudarlos."

"Pero, ¿cómo sabrá que somos nosotros? Podría pisarnos como alguien pisó a ese sapo," dijo

Danny. Miró con ansiedad hacia todos lados, pero el propietario de la bota, que no se veía porque lo tapaban las hojas de un gran arbusto, ya se había ido.

"No, no los pisaría. Nunca desperdicia insectos," dijo Rasca.

"Arácnidos," corrigió Josh y todos lo fulminaron con la mirada.

"¿Qué no viste? Fue la misma Petty Potts quien pisó a Garras," agregó Rasca. "Probablemente estaba tras él para otro de sus experimentos." Se asomó por debajo del tronco... "Hizo un agujero en su barda trasera para poder salir por allí a atrapar criaturas inocentes para su laboratorio, pero ahorita no la veo. Debe haber regresado con los pedazos pegajosos de Garras. Yo creo que también deberíamos llevarlos para allá. Tal vez ella pueda ayudarlos. Quizá encuentren la manera de probarle quienes son."

"Pues al menos hay que revisar si hay más sapos antes de irnos," dijo Josh con un escalofrío. Se asomó debajo del tronco, miró a su alrededor y corrió arriba de un árbol. ¡Sí! Corrió tan de prisa que se asombró de él mismo. "¡Mírenme! ¡Danny, mira! ¡Aquí arriba!" gritó muy emocionado, olvidando el miedo por completo.

Danny no perdió ni un segundo para alcanzarlo. Después de todo, él era el deportista y no iba a dejarse vences por Josh. "¡Woo-hoo!" exclamó cuando rebasó a su hermano. "¡Soy un súper héroe! ¡Puedo trepar paredes!"

"Tranquilos," les dijo Rasca desde la parte baja del tronco por donde iba subiendo despacio. "Hay

muchas cosas en busca de comida por allí arriba, es mejor que bajen."

Pero Josh y Danny ya habían corrido hasta la punta de una rama y veían hacia abajo, impresionados con la vista. Desde allí podrían ver todo su jardín, así como los jardines a ambos lados —y todo se extendía debajo de ellos, como medio país visto desde un avión. ¡Era tan increíblemente colorido e interesante y GRANDE! Las mariposas batían sus alas al pasar como papalotes gigantescos y las abejas y las moscas volaban zumbando en todas direcciones, como helicópteros, pero sin chocar nunca unas con otras, como si las guiara un controlador aéreo.

El ruido de un sorbido debajo de ellos resultó ser un gusano gordo y verde que masticaba una hoja. Eructó. Les guiñó con su gran ojo negro y luego les dijo "perdón."

"¡Oh! ¡Qué delicioso bocadillo con patas! estoy hambriento," dijo una voz a sus espaldas. Danny volteó horrorizado. Encima de ellos había una gigantesca ave sobre una rama. Un pájaro negro, pensó. Tenía un enorme y brillante pico color naranja, que se dirigía justo hacia ellos.

"¡AAAAAAAAAAAAARGH!!"

Danny corrió por la rama y luego se vio a sí mismo resbalando por el borde. Por un espantoso segundo se inclinó hacia el vacío, listo para desplomarse hasta abajo —y luego se cayó en la cuenta de que seguía corriendo. Corrió al rededor y por debajo de la rama, con Josh pisándole los múltiples talones. De pronto, todo el mundo quedó de cabeza. Sus asombrosas patas con ganchos los mantenían sujetos a la rugosa corteza del árbol. ¡Desafiaban a la gravedad!

"¡Como el hombre araña! se maravilló Josh en voz muy baja.

"¿Ya se fue?" preguntó murmurando Danny.

Por unos segundos quedaron suspendidos allí, petrificados. Luego escucharon un silbido aterrador y una gran cabeza emplumada apareció de pronto a un lado de la rama y abrió su enorme pico hacia ellos.

"¡Ay, casi se me van!" dijo. "Prepárense, tengo mucha hambre."

"¡Nooooooo!" gritaron a la vez Josh y Danny, al mismo tiempo que podían oír a Rasca y a Huele gritando con desesperación al pajarraco para que los dejara en paz.

"¡Miren!" dijo el ave moviendo la cabeza hacia un lado y los viéndolos pacientemente. "Basta de quejas. Necesito un bocadillo y ustedes son perfectos. Es la cadena alimenticia. Supérenlo."

"¡Alto!" gritó Josh. "Olvídalo!"

Danny no necesitó nada más. Prefería morir aplastado en el piso que ser devorado vivo. Así que se soltó y se encontró de nuevo revoloteando en caída libre.

Ooh. Ese fue un aterrizaje inesperadamente suave.

Mientras estaba allí acostado y medio aturdido, se dio cuenta de que estaba sobre algún tipo de material.

A poca distancia estaba Josh, igualmente hundido en el mismo material, contando desesperadamente sus patas. Danny miró el tejido verde y café de los hilos de lana. Por su forma redondeada y por los pocos cabellos grises que tenía, adivinó que se trataba de un sombrero. Y ahora se estaba inclinando.

Tambaleándose, Josh y Danny corrían hacia arriba tratando de aferrarse al material una y otra vez con sus patas de gancho, pero quien fuera el que sostenía el sombrero lo agitaba con fuerza hasta hacerlos caer de nuevo, esta vez haciendo ¡plop! dentro de un contenedor transparente. En el interior los hermanos corrían en círculos disparando algo extraño desde sus partes de abajo.

"¡Qué asco!" dijo Danny. "¡El hombre araña jamás lo hizo así!"

Josh hacía una telaraña de emergencia, disparando seda desde el receptáculo en su abdomen para crear una red de cuerda fuerte, misma que pegaba por todo el plástico transparente a gran velocidad mientras corría. Podrían usarla para escalar hacia arriba.

Pero Danny veía que era inútil. Arriba una gran tapa cerró el contenedor. En seguida apareció lentamente la cara gigante de ni más ni menos que Petty Potts viéndolos fijamente. Josh podía ver los gruesos y puntiagudos pelos adentro de la cavernosa y gigantesca nariz. Se desplomó sobre su telaraña de emergencia y suspiró: "Jamás hubiera querido ver eso."

Un poco de gas

"¡OOOOOOOOOOOOH CIEEEEEELOOOOOOOS!"
gruñó Petty Potts con voz lenta y profunda.

"EEEEESSSSS HOOOOORAAAAA DEEEEE
CLAAAAAASIIIFIIICAAAAAARRRLOOOOOOOSSSSS."

Josh se sintió muy mareado mientras el contenedor
de plástico se columpiaba en las manos de la anciana.
Se agarraba con fuerza de los fuertes cables de seda
transparentes que había producido inesperadamente.
Estaba bastante orgulloso de su telaraña, de hecho.
Aunque hubiera salido de su costado.

Danny también estaba agarrado de ella y su cara
peluda se veía un poco verde. "¿Ahora qué?" se quejó.
Josh se puso a pensar. No creía que Petty Potts fuera
a lastimarlos —a propósito— pero tal vez sí querría
hacer experimentos con ellos. Después de todo,
parecía como si supiera quienes eran y estuviera muy

emocionada. ¡Había logrado convertir a dos mamíferos en arañas!

Al fin llegaron a la enorme cueva oscura detrás del cobertizo que era su laboratorio. Puso el contenedor sobre una mesa gigantesca y abrió la tapa. Les habló, pero sonó como un rugido demasiado lento y fuerte como para que entendieran. Sus grandes bocanadas de aliento caliente olían a queso.

Un poco de tiempo después se oyeron dos golpes, y dos paquetes oscuros, envueltos en un material blanco aterrizaron entre ellos. Olían muy bien.

Danny de pronto cayó en la cuenta de que estaba increíblemente hambriento. ¡Eran platos de sopa de carne caliente! Estaba seguro. Podía olerlo. Se escabulló hacia uno de ellos y rápidamente quitó la envoltura. El paquete tenía seis patas, dos alas y una expresión preocupada, pero Danny no se detuvo a pensar en eso. ¡Yum! ¡La sopa estaba deliciosa!

Tan pronto como se lo tragó se dio cuenta de la cara de Josh. Las mandíbulas de su hermano estaban muy estiradas con asombro y uno de sus ojos parpadeó. "¿Estuvo rico?" preguntó.

"Pues... sí," admitió Danny. "Eh... como sopa de lata. No sopa casera, pero no estuvo mal." Se estremeció y se sintió algo asqueado.

"¡GUÁCALA!" dijo Josh y Danny estuvo de acuerdo con él. El frasco se volteó y ellos resbalaron fuera hacia la superficie de la mesa. Esta fría, como piedra de algún tipo —y bastante lisa. Luego un recipiente de vidrio cayó sobre ellos boca abajo, y una especie de niebla color amarillo empezó a entrar por un agujero en la parte de arriba.

"¡Nos va a matar! ¡Estamos acabados!" se quejó de nuevo Danny. Pero Josh pensó que estaba equivocado.

Era mucho más fácil matarlos con un zapato que con gas. Sin embargo, unos segundos después ya no estaba tan seguro. Sintió algo extraño en la cabeza, sus patas no le respondían y sus oídos estaban sordos y... y... y...

"No puedo decir que alguna vez pensé que ustedes dos serían bienvenidos en mi laboratorio —pero hoy

cambié de opinión y no se equivoquen." dijo Petty Potts. Danny se dio cuenta de que había dejado de rugir y su gigantesca cara había vuelto a su tamaño normal. Se sentó y sus piernas —ahora solo eran dos— colgaron del borde de la mesa.

"¡Tu-ba-wa-ca-tu-ca-wa-ba-tu!" balbuceó.

"Sí, sé bien lo que quieres decir," dijo, y una chispa viva brilló en sus ojos cafés detrás de sus empañados anteojos. Después, Josh se sentó haciendo ruidos similares.

"Sé exactamente lo que quieren decir. Por qué rayos querría convertirlos en arañas, ¿verdad? Bueno —pues no quería— no intencionalmente. Quería convertir a su pequeño perro maleducado en araña, eso sí lo acepto —pero luego ustedes dos se entrometieron y el spray SWITCH les cayó en las piernas. Saben que intenté detenerlos para que no corrieran ningún peligro. Tienen suerte de estar vivos. Si no los hubiera encontrado a tiempo, pisado a ese sapo, espantado a esas ratas y luego casi arrancado del pico de ese pajarraco, estarían flotando ahora mismo en los jugos gástricos de alguna criatura.

"¡Pues, gracias!" agregó Josh.

"¿Cómo nos encontraste?" preguntó Danny.
"¡Estábamos diminutos!"

"¡Ah!" Petty Potts les enseñó un pequeño aparato
que parecía una mini antorcha. Tenía una luz azul que
parpadeaba en un extremo y hacía un ruido crujiente.
"Este es el detector SWITCH. Funciona solo a
5 metros de una criatura transformada, pero es de
gran ayuda cuando se escapan. La luz se vuelve más
brillante y el ruido más fuerte cuando se acercan."

"¿Se da cuenta de que podríamos estar muertos,
gracias a usted?" dijo Danny con una mirada fulminante.

"O si su aparatito ese no hubiera funcionado, ¡hubiéramos sido arañas de por vida!

"No, el spray SWITCH no dura mucho." Petty Potts suspiró y movió la cabeza. "No lo he perfeccionado. Pero también tengo un antídoto para emergencias, mismo que acabo de usar con ustedes. Pero pensé que antes, les gustaría tomar un bocadillo —así que les puse un par de moscas preparadas por otra araña detrás de mi refrigerador. Creo que fue Danny el que se comió una, ¿verdad?"

Danny asintió, un poco verde.

"Dime, ¿a qué sabe?" Se acomodó en su banco y se le quedó viendo. Danny la miró fijamente de regreso, horrorizado.

"¿Y cómo estuvo? ¿Ser arañas? ¡Seguro que fue muy emocionante!" les preguntó a los dos mientras sonreía y asentía con la cabeza. Tenía una pluma y una libreta en la mano. "El spray SWITCH-ARAÑA es mi spray más reciente. No estaba segura de que funcionaría, es un spray arácnido, no de insectos. Y por supuesto, nunca había probado ninguno de mis sprays SWITCH en mamíferos, hasta hoy. Así que, ¿qué se siente?"

Danny estalló. Saltó abajo de la mesa. "¿Cómo

cree que se siente, anciana loca?" le gritó. "¡Se siente aterrador! ¡Casi morimos aplastados, ahogados, devorados y picoteados!"

Petty Potts suspiró y asintió un poco más. "Entiendo que fue un poco desagradable para ustedes. ¿Por qué no vienen a tomar té mañana y me cuentan bien cómo les fue?"

"¡Debe estar bromeando!" dijo Danny. "NUNCA JAMAS volveremos a poner un pie de este lado de la barda. JAMAS. ¡Y no se le ocurra pasar de nuestro lado! ¡Si quiere saber lo que se siente ser araña, conviértase usted misma!"

Saltaron abajo de la mesa y corrieron descalzos de vuelta a su casa, aplastándose por el agujero de la barda a gran velocidad y sin mirar atrás.

De vuelta en el laboratorio, Petty Potts sonrió. Tomó una pequeña cajita de terciopelo rojo que estaba en una repisa, alzó la tapa, y dejó ver seis cubos de vidrio brillantes, cada uno con un holograma de un insecto o un bicho en el interior, y una serie de extraño símbolos a los lados. Danny los hubiera reconocido. La semana anterior había ido a una exposición sobre el antiguo Egipto con la escuela,

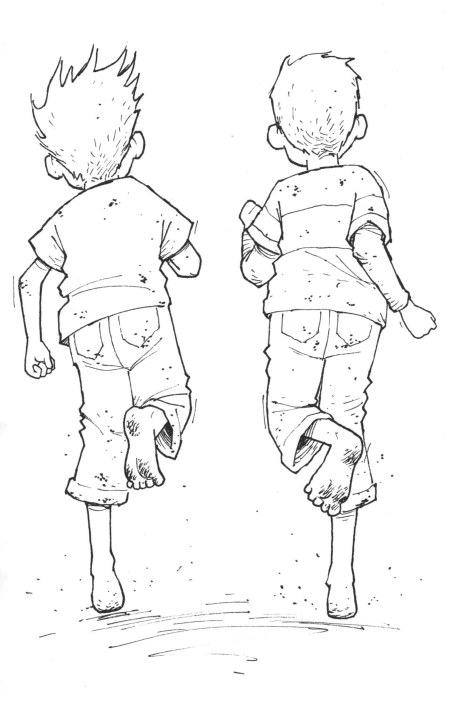

por lo que hubiera podido decir que eran 'jeroglíficos' —las pequeñas imágenes que componían el antiguo alfabeto egipcio. Para Petty, eran el 'código.' El más impresionante código para la fórmula más extraordinaria del mundo, si sabías cómo descifrarlo. Y Petty Potts lo sabía.

Petty pasó los dedos cariñosamente por los cubos antes de cerrar la caja y devolverla a su lugar en la repisa. Luego tomó la caja verde de terciopelo que estaba al lado. Abrió esta con un suspiro. Dentro había un único cubo con un pequeño holograma de lagarto y más jeroglíficos. Había otros cinco espacios cuadrados. Vacíos.

La sonrisa de Petty se desvaneció. Se golpeó la frente con fuerza. "¡Estúpida, estúpida mujer! Tenías que quemarte la memoria, ¿verdad? ¿Qué pasará si no los encuentras nunca más? ¡Entonces nunca tendrás el siguiente código y nunca irás más allá de los insectos!"

El pelo de hoy

"¡Danny, no puedo creer que no te comas tu pastel!" dijo su mamá asombrada al ver la rebanada y el té sin tocar.

El chico la miró con una sonrisa temblorosa. "Es que… estoy lleno… desde la comida." Cuando recordó lo último que había comido, su sonrisa se volvió todavía más temblorosa.

"Hace rato se comió una mosca muerta", dijo Josh con la boca llena de pastel de chocolate. Danny se estremeció. "No estaba completamente muerta."

"Oh, ustedes dos son muy asquerosos y dicen muchas cochinadas", dijo Jenny con el cabello aún envuelto en una toalla. Acababa de salir de bañarse hacía cinco minutos; podía romper un récord mundial de quedarse en la bañera leyendo revistas. "¡Dejen de hablar de cosas repugnantes o los mato a los dos!"

"Otra vez no," gruñó Danny. "Ya lo intentaste dos veces hoy."

Se levantó y salió al jardín con su pedazo de pastel. Fue al cobertizo, se arrodilló y puso el plato junto a él. Josh lo siguió. "¿Qué haces?" le preguntó.

"Vine a ver si están Rasca y Huele," dijo Danny. "Nos dijeron que vivían abajo de nuestro cobertizo, ¿recuerdas?"

"Sí," dijo Josh y se sentó junto a su hermano. "Nunca les agradecimos por salvarnos la vida."

Escucharon dos rechinidos detrás —y luego aparecieron las narices de Rasca y Huele olisqueando el delicioso olor que había en el aire.

"Esto es para agradecerles," dijo Danny deslizando el pastel fuera del plato. "Seguramente no entienden lo que les digo —pero gracias de todas formas. Por cuidarnos a Josh y a mí." Huele cruzó las patitas y sus ojitos brillaron de gusto. "Descuida," dijo Danny.

"Nos estaremos viendo," dijo Josh al mismo tiempo que sus amigos mordían el pastel y se llevaban la rebanada completa debajo del cobertizo entre gruñidos de placer y esfuerzo.

"O tal vez no," dijo Danny. "Creo que lo mejor sería olvidar todo este asunto. Nunca nos va a volver a pasar algo así. Ya bloqueamos la barda para que Piddle no pueda pasar. Y nosotros no iremos nunca más."

"Es cierto," dijo Josh. "Me encanta la vida salvaje —pero no quiero ser parte de ella."

Danny y Josh corrieron adentro de su casa. Jenny tenía en la mano su secadora de pelo y el cable daba la vuelta hasta conectarse en el enchufe afuera del baño de abajo donde a ella le gustaba peinarse y maquillarse. Se asomó y arrancó el enchufe del contacto resoplando y mirando a su mamá a través de una cortina de pelo mojado.

"¿Cuántas veces tengo que decírtelo, Jenny?" Gritó su mamá. "Deja de secarte el pelo encima del lavabo."

"¡No!" gritó Danny. "Déjala secarse el pelo encima del lavabo. ¡Eso salva vidas!"

Jenny y mamá se le quedaron viendo asombradas, y también a Josh que asentía con energía.

"Te lo digo, mamá," dijo Jenny señalando a sus hermanos con la secadora. "¡Esos dos son unos especímenes muy extraños!"

NOTA *562.4

TEMA: Josh y Danny Phillips

¡Hoy hubo un gran avance! Esos vecinos odiosos de ocho años fueron rociados con el spray por error. logré rescatarlos antes de que se los comieran. les pregunté qué se sentía ser arañas, pero enfurecieron. lo intentaré de nuevo mañana.

¡Buenas noticias! No pueden alejarse mucho de mí. Viven a unos cuantos metros. Y como son niños, nadie les va a creer lo que les pasó, así es que mi secreto está a salvo. Además, creo que ya es momento de tener asistentes para mi proyecto SWITCH. He estado mucho tiempo trabajando sola.

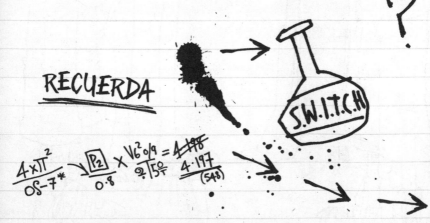

RECUERDA

¡Si tan solo pudiera recordar lo que pasó con el resto de mi investigación! Sé que puse el código para transformar criaturas en reptiles en los cubos de cristal, igual que con la fórmula de los insectos y los bichos... Y sé que escondí los cubos en un lugar SEGURO. Demasiado seguro. ¡¡¡A salvo hasta de mí misma!!! Simplemente no lo recuerdo. Victor Crouch me las va a pagar. Me vengaré de él, por quemar pedazos de mi memoria y tratar de robar el trabajo de toda mi vida. Si alguna vez lo vuelvo a ver lo convertiré en cucaracha y lo aplastaré.

Pero con dos cerebros jóvenes ayudándome, tal vez podré encontrar los cubos SWITCH de reptiles que perdí y podré redescubrir todo mi brillante trabajo.

Mañana voy a reclutar a Josh y a Danny. Estoy segura de que podré convencerlos para que me ayuden con mi investigación, y también en la brusquedad de los cubos perdidos.

Sí, estoy segura de que encontraré la forma de convencerlos. Después de todo... ¿qué niño no querrá convertirse algún día en una víbora pitón gigante o en un cocodrilo...?

GLOSARIO

Abdomen—La parte principal del cuerpo de una araña.

Antídoto—Medicina que puede revertir el efecto de un veneno.

Arácnido—Otro nombre para decir araña. Los arácnidos tienen patas con articulaciones (tienen más de una articulación en cada una) y son invertebrados (animales sin espina dorsal).

Carroñeros—Animales que recolectan deshechos o que comen restos de las presas de otros animales.

Celular—Algo hecho de un grupo de células vivas.

Jeroglíficos—Imágenes y símbolos del antiguo Egipto que representan palabras.

Holograma—Imagen hecha con rayo láser que parece tener tres dimensiones (3D).

Insecto—Animales con seis patas y tres partes del cuerpo: cabeza, tórax y abdomen.

Mamífero—Animales que dan a luz a sus crías y las alimentan con su propia leche. Los humanos y las ratas son mamíferos.

GLOSARIO

Mandíbula—Están a ambos lados de la boca de las arañas y se usan para atrapar la comida.

Metamorfosis o transformación—Proceso por el que un objeto se convierte en otro. Por ejemplo, Danny y Josh se convirtieron en arañas.

Nocturno—Animales que cazan de noche y descansan en el día.

Omnívoro—Animal que puede comer plantas u otros animales. Los humanos son omnívoros.

Papilas—Antenas que usan las arañas para buscar comida.

Presa—Animal que es cazado por otro animal para comérselo.

Reptiles—Animales de sangre fría.

Secuestro—Tomar control de algo a la fuerza.

Tórax—Sección del cuerpo de una araña entre la cabeza y el abdomen.

Veneno—Ponzoña que puede ser expulsada por los colmillos de un animal para matar o aturdir a su presa. Algunas arañas son venenosas.

LUGARES PARA VISITAR

¿Quieres aumentar tu conocimiento sobre los insectos? Esta es una lista de lugares a los que puedes ir:

Museos de historia natural

Zoológicos

Bibliotecas

Recuerda que no necesitas ir muy lejos para encontrar a tus bichos favoritos. Sal al jardín o a algún parque cercano para ver cuantas criaturas diferentes puedes ver.

SITIOS WEB

Aprende más sobre la vida salvaje y la naturaleza
en los sitios siguientes:

http://www.bbc.co.uk/cbbc/wild/

http://www.nhm.ac.uk/kids-only/

http://kids.nationalgeographic.com/

http://www.switch-books.com.uk/

Acerca de la autora

Ali Sparks creció en los bosques de Hampshire. De hecho, para ser exactos creció en una casa en Hampshire. El bosque es genial pero no tiene las comodidades necesarias como sofás y refrigeradores bien surtidos. Sin embargo, ella pasaba mucho tiempo en el bosque con sus amigos y allí desarrolló un gran amor por la vida salvaje. Si alguna vez ves a Ali con una enorme araña sobre su hombro, lo más probable es que esté gritando "¡¡¡AYYYYYYYQUITEEEEEENMELAAAAA!!!"

Ali vive en Southampton con su esposo y sus dos hijos y jamás mataría a ningún bicho. Ellos le temen más a ella de lo que ella les teme a ellos. (Los bichos, no su esposo y sus hijos).

Otros títulos de la serie

Ali Sparkes
Ganadora del Blue Peter
Book of the Year

Ilustrado por
Ross Collins

S·W·I·T·C·H
SUERO PARA EL TOTAL SECUESTRO CELULAR

Locura de Moscas

Uranito

Ali Sparkes
Ganadora del Blue Peter
Book of the Year

Ilustrado por
Ross Collins

S·W·I·T·C·H
SUERO PARA EL TOTAL SECUESTRO CELULAR

Problema de Grillos

Uranito

Ali Sparkes
Ganadora del Blue Peter
Book of the Year

Ilustrado por
Ross Collins

S·W·I·T·C·H
SUERO PARA EL TOTAL SECUESTRO CELULAR

Ataque de Hormigas

Uranito